추억을 마시고 싶다

추억을 마시고 싶다

2023년 12월 05일 제 1판 인쇄 발행

지 은 이 ㅣ 주대원
펴 낸 이 ㅣ 박종래
펴 낸 곳 ㅣ 도서출판 명성서림

등록번호 ㅣ 301-2014-013
주　　소 ㅣ 04625 서울시 중구 필동로 6 (2, 3층)
대표전화 ㅣ 02)2277-2800
팩　　스 ㅣ 02)2277-8945
이 메 일 ㅣ ms8944@chol.com

값 10,000원
ISBN 979-11-93543-16-0

주대원 시집

추억을 마시고 싶다

도서출판 명성서림

머리말

칠순을 넘긴 나이에
또다시 시집을.
나는 내가 누군지 잊어버리고
살아가고 있다.
어떤 거리에서
나를 찾는 소리가 들린다.

1부

//////////

봄
날

2부

////////

바 다 를 보 며

3부

푸른 산

4부

////////

**풀
꽃
처
럼**

5부

////////

흐
르
는

강

6부

////////

시
례
골

부
추
꽃

1부

//////////

봄
날

인사

인생은 모두다
후일을 계획하며 살고
홍어는 오래될수록
맛이 더 있다
사랑은 첫사랑이고
연예는 늦은 나이에
하는 것이다
인생이란 항구에서
항해를 계속하고 있다

도라지 꽃

달빛 향긋하니
취흥이 절로 돋네
얼굴 비벼대던
햇살 사라지고
자연과 벗과 나누는
즐거움
저 산에 수줍게
몰래 핀 연분홍색
도라지 꽃
부끄러워
고개 숙이네

만남과 헤어짐

숨차게 오는 꽃잎 파도를
불타는 열정과
영원한 평행을
이끌어가는
호남선
천지가 서로 감응하는 그때
바람 일고 구름 피어
오르니
만남과 헤어짐도
흘러만 간다

새마을운동

새마을정신으로
복부인들이
부동산을 투기하고
봉이 김선달이
대동강 물
팔았다던 그때
오염되던 모금에
목구멍이
짜르르 이웃 사촌들
이제는 물도 사서 마시는
시대가 왔다
약효 좋은 강물에
은하수가 흐른다

술통들

해가 뜨건 달이 뜨건
술꾼들아
술 한 잔의 넉넉함에
강물은 흐르고
흘러서 바다로 간다
내가 던지는 수평선과
그 물속에
고통은 새로운
정신 지주가
자라나고
이제는 모두 벗고
내려놓고 싶다
술통 앞에서

산과 바다

초원에 뜬 무지개를
노을로 타오르는 메아리
궁륭 가득히
반추하는 꽃들이
웃는다
새벽부터 운무는
나를 던지고 있다
산과 산 사이
초록은 동색이라
먼 창공으로 흐르는
시간 속에
산과 바다에
영혼을 푸르게 한다
궁륭활이나 무지개같은
반추 지난 날을 떠올린다

새벽 길

태백산 주목은
천년을 살아
저런 변 이런 변
세월이 흘러가며
어지러운 세상도
캄캄한 세상도
사시사철 매미는 울고
자빠지네
꿈에 색깔로
단장을 해야 할지
이슬에 젖은 마음
새벽길에
흐르고 있네

하늘나라 할머니

반라半裸의 그녀도
추억을 마시고
옷을 벗은 나의 추억은
싱싱한 꽃밭
동네 귀퉁이
우물은 옛날 할머니께서
웃고 계신다
지금은 어느 하늘나라
떠있는 별 속에
있나요
우리들의 별자리를
새기며

약속

여백을 위한
약속은 언제나
따뜻하고 든든하다
별자리에서
피어나는
꽃들은 가을 햇빛 속에 가을
계절은 익어갑니다
더불어
도랑물 흘러가는
소리가
탱자 열매도
노랗게
익어갈 때 쯤

그대가 있으며

비가 내려도
눈이 내려도
꽃이 피어도
낙엽이 떨어져도
가슴에 묻어둔
산동네 사람들처럼

너는 너대로
나는 나대로
살아있는
모든 것들은 외롭다
모든 것들은
허무하다

그리운 사람들

지나가는 하늬 바람도
너는 너대로
나는 나대로
저녁이 되면
나의 눈물이거든
나는 첫사랑
첫날밤보다
첫 여자의 젖가슴을
더 좋아한다
장미꽃보다
모란 동백을
더 좋아한다
장미 꽃보다
맥주 막걸리보다
나는 린을 더 좋아한다

그리운 사람

꽃이 떨어진
배롱나무에
해와 달이 지나갈수록
얼굴에는 세월의 흔적만
가득 가득
세상 인간 소풍 마치고
당신만을
생각하고
사랑하는 것을 좋아한다
그리운 어머니
담배 연기
속으로 사라진다
그리운 사람들이

함박눈 내리던 날

비 내리고
바람부는 날
당신과 함께 여행을 하고
싶네요
내가 좋아하는 당신을
오늘이 마지막처럼
함박눈 내리고
비바람
부는 날
밤 기차 타고
함박눈 위에
그대 이름 써본다

별

청둥호박의 슬픔
별빛을 보고
빗방울 소리 듣고
하늘을 우러러 보는 순간
은하수가 되어 사라진다
하늘을 가로 지르는
새의 심장처럼
어쩐지 서글퍼져
가까운 친구에게
별을 헤어보십시오

봄날

마음의 문을 열고나면
우리 마음에서
한줄기 맑은 바람이 된다
푸른 산은 옛날과 같이
순수하다
마음의 문을 열며
세상이 달라진다
꽃피고 새가 운다
기다리지 않아도
봄날은 온다
슬퍼하지 않아도
봄날은 간다

2부

//////////

바
다
를

보
며

눈꽃송이

세상의 목소리가
눈송이 속에 핀
꽃이다
첫눈 첫사랑
하루를 천년같이
다시 한번
만나기 위해
예쁜 사랑을 위하여
내가 더 작은
한 송이의
눈꽃으로 내려
가슴속으로 스며든다
눈송이가 창문을
두드린다

별이 되어

눈물의 힘으로
슬픔의 힘으로
차가운 새벽
편지를 써서
보낸다
기다려 보라고
차가운 겨울 속에
나를 눈뜨게 한다
그대와 나는
파란 바다도 보고
여행도 했고
이 세상과
들꽃과 들판을
걸어봤다

팔아산

한올 실 같은
작고 아름다운
팔아산 기지시 성당을 보았다
기지시 하늘은 바람을
희미한 옛 사랑의
그림자도
우리들의 삶이
더 단단해 질 수 있다
비 내리는 가을 날
팔아산을 간다

인동초

하늘에 뜬 흰 구름
바라보며
하늘을 날며 춤을 추는데
땅에는
살갗이 얼어 터질듯 한
겨울
인동초 잎새
그 위에 내려앉은 햇살이
푸른 멍의 윤기나는 잎새
자유의 진한 냄새
내품는 인동초

개살구

빛 좋은 개살구의
신맛은
씹고 또 씹어야 한다
마음속 군데 군데
어둠의 시간을
바라보지만
빛 좋은 개살구의
씨앗은
감감 무소식
불길의 모욕과
그의 웃음을 씹어 대며
그 누가 알리
개살구 잎새
위에 돋아나는 슬픔
상처의 푸른 깊이를

물보라의 꽃

파도가 바람의
그림자가 되고
바람이 파도의
그림자가 되고
바다가 바다를
모르듯이
파도가 파도를
알지 못한다
사방으로 달려가는
물보라의 꽃
별이 되어
눈물이 되어
사랑이 되어

바다가 아니면
알지 못하니
하얀 포말을 일으키며
폭죽을 터트린다

바다를 보며

지상의 모든 비밀은
바다로 와서
유언을 남기지만
입에 문 파도들이
파도여 저 수평선
위에서 줄넘기를
하고 있는 그는
바다가 아니며
알지 못한다
건강하게 살갗을 태운
섬들이 갈매기는 갈매기들끼리
물고가는 물고기들
하늘빛보다
바다빛 하늘속으로
고래 한마리
되던가
갈매기 한마리 되던가

봄이 오는 소리

복사꽃 향기는
하늘을 휘감고
춤을 추네
봄 햇빛에 놀란 개구리
뛰어오르니
도도한 취흥속에
물속에 졸고 있는
해를 내 마음 속에
앉히니
휘영청 달도
살찌는 소리 엿 듣는다

겨울 오는 소리

달빛이 얼었는지
만물은 고요한데
다시는 자신을
빼 낼 수 없는 걸
바람 속에 바람 있으니
가는 바람도 오는 바람을

따가운 햇살이
여유롭고 평온한
풍경아
초겨울 낙엽들이
우루루
겨울 햇빛 속에
계절은 익어간다

그 곳

긴 인고認苦의 시간들
내 고향 뒷산 마루
산 노루 울음소리
젊은 날 꿈을 캐며
산 꿩 울음도 함께
아직도 그곳에 남아 있을까
앞개울 건너가는
징검다리 햇살도
건너가고 물새들도
종종걸음 치고
흰 구름 따라
송사리 때
모여들고
맛과 멋 넘치는 흥취
금상첨화 빛나더라

단풍

창공에 뿌리는
정열의 몸부림을 보아라
꿈을 위하여
사랑을 위하여
오늘도
총 천연색 단풍들
달콤한 춤을 춘다
흩날리는 잎새를 타고
눈물 씻는
산사의 종소리
단풍잎 타고
떠내려 온
고운 햇살이
하늘로 차 오른다

달빛

달빛 향긋하니
수줍게 몰래
피었구나
도라지꽃아
바람결에 꽃 소식도
타는 열정과 푸른 추억을
영원한 평행을 이끌고 가는
달무리도 곱게
둥근 원을 그리며
꽃망울 터지는 소리
오늘 밤 둥실
둥근 달은 뜬다

그리운 사람

어버이
잘 뫼시지 못한 죄
영원이 영혼이라도

영혼과 영원은
쌍두마차다
나 어릴 적
자주 놀던
산수골 그곳에
있는지
보고 싶습니다
벗어버리고 내려놓자
그리운 산수골

새벽의 향기

별자리에서
피어나는 꽃들은
푸른 저녁에
하늘을 가로질러
날아가는
수평선과 흰 구름은
추억의 파도 꽃잎
피고 지는 그곳에
새벽의 향기 마시며
각혈한 모란꽃
송이송이 푸르르
미끄러져 내린다

항해

은하수를 지나
북극성을 뒤로 하고
남십자성과
별자리를 지나
그대는 지금 즈음 어느 하늘을
항해하고 있는지
그 바다를 향해
오대양 육대주를
돌아다녀도
불은 이루지 못하네
아름다운 밤하늘도
항해를 거듭할수록
아름다움만 있네

3부

////////

푸
른

산

고추잠자리

춘하추동 새벽부터
비가 오나
눈이 오나
삼천리 금수강산을 싱싱하던
파도가
외로움을 즐기며
푸른 물결 타던 그곳
섬은 남아서
갈매기와 날고 싶지만
허기진 내 마음
슬픔이 있는 곳
가슴에 죄인처럼 남아
고추잠자리
떼지어 나르는
하늘은 찬사를 받을 만하다

쓰레기 인간

쓰레기 같은 인간도
인간일까
쓰레기 인간일까
인간 쓰레기들
다대포 개펄위에
뒤뚱뒤뚱 오리걸음
걷는 노을을 보면
갑자기 서글퍼지는
쓰레기 같은 인간이 눈앞을
아롱거린다

사랑 평화

꽃이 피어도
낙엽이 떨어져도
가슴에 묻어둔
장미꽃보다
쓸쓸하게 구겨지는
모란 동백을 더 좋아한다
산은 갈수록 높고
깊어진다
은혜를 알고 은혜를 갚는
사람이 된다
몸은 먼지 덩어리
마음은 바람같은 것
나는 당신의
평화입니다

마음의 문

마음의 문을 열면

세상이 달라진다

마음의 세상이 시작이며

세상의 끝이다

마음의 마음에서 생각을 잘라내면

잘라내면

참 나의 마음 깊은

내면의 소리를

보셨나요

생과 사에 대한

수행이다

봄

꽃 피고 새가 운다
스스로 열매 익어
내 마음이 즐거우며
극락이다
기다리지 않아도
봄날은 오고
눈물 흘리지 않아도
봄날은 간다
흐린 안경 달을 쓴
노을 빛
해지고 길다란 노을이
찾아온다
꽃 피어서
눈보라가 지는데
소쩍새 울음소리
들릴 때까지
노을 붉게 물들일 때까지
기도하게 해 주십시요

예쁜 사랑

첫사랑 첫날 밤
은은한 조명 아래
보이차 나누던 사랑

찾아오던 예쁜 사랑도
나를 생각한다
오늘은 내가 더 작은
한방울의 물로 내려
길고 긴 나의 생이
지나가는 사랑

행복

그대를 생각할수록
행복해 진다면
나는 그대를 사랑하는
사람입니다
사랑하는 것인지
깊이 보이지
않는다면
사랑하는 것

당신을 사랑합니다

푸른 산

마음의 문을 열고
보면 부처도
예수도
지옥이고 천당이고
삼천리 금수강산도
푸르고 푸른
산도
그 옛날
산과 같은
순수한 모습입니다

고해성사

아무도 없는 들판에서
살아가는 것과
세상과 들꽃에 대해
그대와 나는
파란 바다도
보았소
바다에 이야기했지
이 세상이 없다고
바삭바삭한 낙엽처럼
성당에서
사순 시기에
고해성사를
보았습니다

물안개처럼

백두산은 아직도
비로 내리지 못한
구름들이
올라가지도 못하고
시례골 마을도
내리지 못한 채
있습니다
물안개처럼 내리는
모든 사람에게는
사랑이 무모하지
않았다면 그렇게
살아가고
싶습니다

추억을 마시고 싶다

추억을 마시고 싶다
고향을 마시고 싶다
보이차가 있다면
사랑하는 그대와
단둘이 마시고 싶다
사랑은 있는 것 모두
주어버리고 싶다
삶이 아파
설운 날에도
삶이 기뻐 웃는 날에도
예전엔 미처
몰랐습니다

날아가고 싶어라

내 삶이 무거운
옹이들도 불길처럼
먼지처럼
훨훨 날아가게 하소서
어둠이 고요한 것들을
빛나게 하소서
사랑하는 것과 사랑을
받는 것은
내 마음 아픔을 덜어준다는
것을 비로소 알았다
그리고
깊이 사랑해야 한다고

다시 그리워

사랑하는 사람
앞에서는
사랑한다는 말은
하지 않으리라
슬픔의 힘으로
눈물의 힘으로
함께 있고
싶을 때도 있으리라
사랑은 섬과 섬 사이에서
이슬처럼 별처럼
사랑의 그늘 아래
쉬기 위해서
기다림이
무성한 잎을
드리울 때까지

고독

비 내리는 날이면
지하철을 타고
당신에게로 갑니다
해와 달이 지나가도
파도처럼 갈대처럼
당신이 구름처럼
보이지 않을 때
쓸쓸한 낙엽처럼
뒹굴고 싶습니다

산사의 종소리

봄비 오는 날
산사의 풍경 소리
산사의 종소리
더 은은하게
사랑한다는 말 대신
장미 한 송이
눈부신 오월의 어느 날
나는 너의 천국이
되고 싶다
살아간다는 것은
외로움을 견디는
일이다

4부

//////////

풀
꽃
처
럼

인생이란

인생이란 작은 배
가야할 곳이 있다면
바람 불고 비가 내려도
멈추지 마라
눈이 쌓여도 가야 할
곳이 있는 그대는
가야한다
인생은 백년도
못사는데
해와 달이
지나갈수록
서로 사랑하고
사랑으로 살자

봄비

고마운 봄비가 내린다
마지막 꽃잎 한 장처럼
지리산 하동 벚꽃 길
새소리 물소리
바람소리
봄비는 시나브로
내린다
매화도 피고
동백도 피고
피고 지는 꽃을 보며
인생에 대해 생각한다

사람

행복은 내 안에
있는 무한한 재산입니다
천사를 기다리며

슬픔을 잊는
슬픈 사이였습니다
찔레꽃 잎이 마르며
만나고 헤어지는
것이 순리인데
내가 나를 아프게 할 때
누군가의 인생에 비가 내릴 때
함께 비를 맞아주는
사람

봄날

매화 향기 가득한
봄날에
집 정원에서
청명한 새소리
가득한 새소리 맑은 공기 아름다운
팔아산 길
행복해 보이려
하지 말고
노을처럼
사라지는
그날처럼
마음의
공간을 열어 보세요

인생이란

님과 함께라면

술도 인생이다

님과 함께라면

건강도 인생이다

님과 함께라면

오늘도 사랑이다

당신을 만나서

사랑한 지가

사십오년이네요

함께 손잡고

밥도 먹고

술도 먹고

이런게 인생인가요

강물위에 핀 꽃

사랑한다 사랑한다
나는 참 어리석게
살아왔다
연애편지 쓰는 마음으로
쐬주 마시면서
잡초처럼 견디며
살아왔다
기도는 깊은 참회와
기도는 성모님의
하나되는 마음으로 한다
비는 마음으로 하면
성취의 길이 있다

풀꽃처럼

한 사람을 사랑했습니다
상처와 그늘이 되지 않는
사랑한다는 말을 하는
것보다
묵묵히 당신의
뒷모습이 되어주는 것도

고독과 무수한 밤들이
우리들의 추억이 묻어 있다
풀꽃처럼 새벽이슬처럼
당신의 선물이 은총입니다

사랑과 용서

밤이 지나고
새벽이 올 때
누군가를 사랑한다는 것이
누군가를 기다린다는 것은
아름다운 것들을 사랑하지도
못하고 고백하고 바보처럼
울고 있다
사랑과 용서 희망과
그대를 향해 기도하고
슬픔의 힘으로
기도하게 하소서

푸른 마음

밤하늘의
별을 바라보면서
마음의 여유를 가지십시요
가슴속에
작은 산 하나가 있었으면
좋겠습니다
흘러가는 구름과
맑고 푸른 구름들과
새들의 노래 소리
들었으면 좋겠습니다
사시사철
푸른 산이었으면
좋겠습니다

당신의 은총

연꽃이 꽃을 활짝 피울 수
있는 것은 진흙 때문입니다
내 안에서도
당신의 꽃을
피울 수 있습니다
정을 통해서
은총의 소리를 들을 수
있습니다
제가 다시 당신을
바라 볼 수 있게
해주십시요
당신의 은총이
늘 곁에 있는데
감사와 찬미로
당신께 드리는 응답이
되게 해주십시오

풀꽃 향기

누군가를 사랑하고
있다는 것은
아직도 내가 이 세상에
존재하고 있고
미워하지 마십시요
용서하십시요
풀꽃 향기가
아름다운
아침입니다
서로 미워하고
질투하기에는
한평생이 너무나
짧고 허무합니다

길을 걸으면

길을 걸으면
눈물이 난다
자꾸 눈물만 난다
햇빛 한 옴큼마저
나를 떠난 오늘
아무도 없는
길을 걸으면
눈물이 난다
또다시 걸어서
여행을 떠난다

소풍

첫눈 첫날밤
첫 약속처럼
어차피 당신이
돌아가야
할 밤이면
그대가 천국으로
소풍가야 할
시간이라면
오솔길 산책하는
시간에
마음 편하게 천천히
눈을 감고 가소서

기도

산 밭에 심어 놓은
배추 밭에서
천수경이고
무궁화 꽃이 피어서
시냇물이
흘러 흘러 흘러
흘러서
반야심경이다

밤하늘

동백나무 아래 서서
동백나무에는
첫사랑이 있었다
잠들기 전에
기도하게 하소서
밤하늘에
반짝이는 별도
보게 하소서

5부
/////////
흐르는

강

그리움

너무나 많은 가을비
가슴이 따뜻한
우리들
살다보면
사랑은 해와 달이
지나갈수록
살다가 눈물이
나는 날은
더 좋은 것은 세상에
없는 것처럼
그리움이라고
말합니다

그리움

당신을 그리는
외로운 나그네입니다
그대와 나는
사랑을 할 때
외로움과 처절함을
채우는 것이 아닙니다
살다가 살다가
사랑은 침묵하는
것입니다

흐르는 강

계절이 바뀌고
봄꽃이 활짝 피었다
춘래불사춘
봄이 와도
봄같이 않는 봄
사랑했던 사람이여
마음이 가득해지면
흐르는 강이 된다
강을 찾는 것은
혼자 우는 새가 강하기
때문이다

상처

파도처럼
밀려오는 번뇌와
싸우지 말고
살다 보니 부처를
만나듯이
덩그러니 외로움이
당신과 부부로
인연을 맺으면서
서로 의지했습니다
아내에게는
왜 감사하다고
말을 못했을까
당신의 마음속에 쌓인
쌓인 상처를
외면할 수 없네

메아리

눈이 펑펑 내리던 날
당신의 마음에 파고들 때
사람은 말로
다 할 수 있다면
해당화 꽃이 왜 붉으랴
웃으면 내 곁에
행복이 온다
하늘 위에 떠 있는
구름을 메아리처럼
돌아오는
오늘 오늘
무심코 흘러버리는
새소리처럼

꽃밭

이토록 행복하고
감사한 일이
너무 많다
진달래는 진달래라서 좋고
대나무는 대나무라서 좋다
꽃밭에서
활짝 미소 짓는
아름다운 날들
사람은 누구나
어른이 되면
홀로 서 있게 된다

뻐꾸기

뻐꾸기는
남의 둥지에 알을
낳아서
탁란하는 뻐꾸기
붉은 머리
오목눈이는
자기의 알인줄 알고
부화시킨다
우리가 숨 쉬는 세상
뻐꾸기와 같이
호흡하는 인간들이 있다

별들

새가 노래를
아니하면
새가 아니다
피지 않으면
꽃이 아니다
내가 길 떠나는 날
밤하늘의 별들은
무지개 색
풍경 속에 살고 있다

미운 사람

미워하는 사람도
사랑하는 사람도

수없이 많은 사람과
만나고 헤어진다
우리는 늘 고통의
강물에 있다
어떤 그물에도
걸리지 않는
바람처럼
자유로움이고 싶다

들꽃

이름 모를 꽃들처럼
새소리 물소리
그대와 내가
사랑했던 것들도
서로 미워했던 것들도
들에 피어난
들꽃처럼
바람에 흔들리며
살고 있다

지지않는 봄

꽃은 지지 않는다
봄빛이 가득한
언덕길을
걸어간다
꽃이 피면 같이 웃고
꽃이 지면 같이 울던
오늘이 그 봄날인
것 같아
봄날은 갈 것이다

얼굴

맑고 향기롭게
심심산골에는
나 같은
산이 우는 소리를
들어 보았는가
그대가 내 곁에 있어도
떠오르는 얼굴이 있다
숲속에 홀로 사는
즐거움이 있다
하루에 단 한번만이라도

은총의 세월

한 송이 꽃은
결실을 맺기 위해
은총의 세월과
믿음 소망 사랑 행복을
그대는 알겠는가
꽃보다 아름다운 건
순수한 마음이다
밤을 새워
기도해도
먼 길을 떠난다

꽃처럼

아름다운 꽃처럼
미소를 짓고
평화스러운
모습으로
사랑스러운
미소를 짓고
못 견디게 사랑하고
싶은 날은
금강으로 흘러가자

숲에서

살아있는 것만큼
행운도 없다
하루하루 살아가는 것도
크나큰 행복이고
행운이다
눈이 펑펑 내리는 날
눈송이가
당신의 마음을
파고들 때
지친 사람들의
마음을 달래보자
하루 종일 아무도
오지 않는
곳으로
돌아가고 싶다

6부
///////////

시
례
골

부
추
꽃

저녁노을

살아있다는 현실에
고맙습니다
고마워하고
만족하면서
사는 사람이
행복하다
따뜻한 봄 날이
왔으면
좋겠다
흰 물새들이
어디론가 날아간다
해질녘이면
노을 하나씩
노을 앞에
서성거린다

사랑으로

밤하늘에 별처럼
'왜 사는 가' 라고

인간이란
무엇인가
마음을 깨닫는 것은
욕심을 버려야 한다
흘러가는 물에는
나의 모습은 안 보인다

당신의 사랑으로
나는 행복합니다
당신의 덕분에
오늘도
행복합니다

갈매기

아침 햇살을
가득 심어
지나간 세월의 추억도
함께 흘러갑니다
항구로 돌아오는
배처럼
항구로 떠나는
배처럼

아침 햇살 가득히 실어
가는 배
갈매기들이
마중을 나갑니다

침묵과 고요

물 흐르는 듯이
말없이 구름이 흐르네
미워하고 사랑하고

그대에게 이슬처럼
별처럼 천 년의 사랑을 위하여
기도하게 하소서
침묵과 고요
돌 나무 물
이 세상에
단 하나뿐인 당신

사랑을 찾아서

별들과 물과
새와 나무와
산에서 살다간
아름다운 사람이
자연의 글맛이
산속의 물맛 같아

오늘 하루도
또 걸어가고
내일 또다시
걸어가고
있습니다
사랑을 찾아서

안개꽃

꽃이 피고
물이 흐르고
낙엽은 흙으로
돌아가고
물소리 새소리
이슬처럼 별처럼
소풍을 가고 싶다
길바닥을
가다가도
안개꽃으로
피어난다

노을 향기

밤새도록 아무도 모르게
내린 폭설로
밤새 뒤척이다가
막 잠든
내 마음 밭에
흰 매화 꽃망울
터지는 나의 방에
초승달 같고
새벽 샘물 같은 마음
노을 향기든
전경이 아름답다

보름달

초복에 배꽃이
흐드러지게 피어서
휘영청 보름달처럼
정원을 온통 은빛으로

정원에 돗자리 펴고
누워 밤하늘의
은하수를 하나 둘
세어본다
하루 종일
아무도
오지 않는 곳으로
오세요

별

마른 나무
사이로 별을 바라본다
징검다리 놓아 준건
그대
늘 푸른 채소처럼

완전히 사랑하고 싶다
드릴게 없으니
그대에게 눈물을
바칩니다

편지

밤새도록 편지를 쓴다
사랑이란 그대 얼굴의
기억할 수 있을 때
보이지 않는 것들이
보이는 세계로
보고 있다
배추꽃은
그대의
얼굴과 같다
밤새도록
보내지도 못할
편지를 쓰고 있다
흘러가는 물처럼

논두렁

사랑하는 그대여
밭두렁 논두렁
앉아 본 일 있나요
하늘 바라보면
누워도 보고
앉아도 보고
그 아련한
시례골 논두렁
사랑하는 그대여
아름다운 나의
성당인 것을

꽃 소식 기다리며

남쪽 통도사에 홍매화가
피기 시작하는데 줄다리기
마을에는 춘삼월인데
아직도 홍매화 소식이 없다
하루를 천 년같이
천 년을 하루같이
내게 매화에게
드릴게 기도밖에 없다

엄마

모란 동백꽃 한 송이
터진다
내가 눈물로 뜨고 싶다
그리운 엄마의

환하게 미소짓는
홍매화 청매화처럼
돌아서는 모퉁이마다
엄마의 미소가
휘모리 장단처럼
휘날리고 있다

눈물

하루 종일 아무도
오지 않는
빈 절간에
그대에게 편지를 쓴다
지금보다 더 외로워지면
지금보다 더 그리워지면
그대
눈물 만날 수 있겠지요
그 생각
그 마음
봄에 피는 꽃
가을에 피는
꽃이 있다

슬픔

성당 마리아 상 앞에서
무릎을 꿇는다
신앙의 신비는
물안개처럼 피어오른다
미안하다 사랑한다
슬프면 돌아오고
그래도 슬프면
울고 싶은 대로
실컷 울어 보아라

달

기다린다는 것은
누군가를 사랑하는 것이다

사랑한다는 것은
누군가를 위해
기도하는 것이다
세상만사
근심 걱정은 잠시
내려 놓으세요

시례골 부추꽃

시례골
부추꽃처럼 그 꽃이
아직도
나를 기다리고 있을까
내 방안에
또 하나의 방이
아무도 오지 않는
빈 방에 쪼그리고 앉아서야
내 방이 보인다

사랑

비가 내리고
첫눈이 내리고
봄날이 오면
꽃이 피면

그대와 나는
평화의 날이
오리라
다시 만날 수 있으리까

비는 내려도

밤이 새도록
비가 내리고
내 가슴에도
강물이 흐르는데
꽃이 내가 아니듯
주님
하루 종일
사랑
평화
주세요